Début d'une série de documents
en couleur

Bibliothèque des Écoles
et
des Familles
UN
BAL MASQUÉ
Hachette et Cie
Paris

Fin d'une série de documents
en couleur

BIBLIOTHÈQUE DES ÉCOLES ET DES FAMILLES

Pour les Petits

A. MÉLANDRI

Un Bal Masqué

Librairie HACHETTE & Cⁱᵉ, à Paris
79, Boulevard Saint-Germain

ANATOLE ET RIPATON DANSAIENT A QUI MIEUX MIEUX

Un Bal Masqué

E n vérité, Anatole n'était pas dénué d'agréments physiques : il avait le poil d'un gris sombre, tirant sur le brun, de petits yeux pleins de malice, et l'air bon enfant.

Très gourmand, il se serait fait pendre pour une tartine de miel.

A ce dernier détail, vous avez déjà deviné qu'Anatole était un ours.

Au moment où se passèrent les événements que je vais raconter, Anatole remplissait les fonctions de premier comique dans la ménagerie ambulante du célèbre dompteur Barbanchu, lequel avait établi sa loge foraine sur le « Cours », unique promenade de Croquanbourg-en-Vexin.

Anatole dansait la bourrée beaucoup mieux qu'un Auvergnat, prenait son repas avec une serviette « comme une personne naturelle », et buvait à même les bouteilles, au grand ébahissement des Croquanbourgeois qui, chaque soir, applaudissaient ses exercices au spectacle.

Or, il faut vous dire que M. Sabourin, sous-préfet de la ville en question, avait l'habitude de donner un bal masqué la nuit de son anniversaire, qui tombait en plein carnaval. Dans cette circonstance, c'était à qui, parmi les employés de ses bureaux, ferait montre de ses petits talents d'agrément pour divertir les invités. Ces talents étaient aussi nombreux que variés, mais le chef de bureau, l'excellent M. Ripaton, se distinguait entre tous. Sa spécialité consistait à contrefaire l'ours de la façon la plus parfaite. Quand, à l'aide d'un petit tube de verre qu'il s'introduisait dans la bouche, il imitait les grognements de ce plantigrade, ses collègues riaient à se tenir les côtes, et la gravité de M. le sous-préfet lui-même n'y résistait pas toujours.

Pour la fête de M. Sabourin, Gaston Ripaton avait, cette fois, médité une plaisanterie dont il confia le projet au sous-préfet : il s'agissait de se rendre au bal déguisé en ours. M. Dorassis, le surnuméraire, habillé en dompteur, devait lui faire exécuter divers exercices. On comptait beaucoup sur cette amusante exhibition qui serait sans doute le succès de la soirée.

Louée chez un costumier de Paris, une épaisse fourrure

était arrivée le matin même, avec pattes et griffes comme il convient. La tête, un vrai chef-d'œuvre, était garnie de petits yeux en verre, brillants de vivacité, et la gueule articulée faisait illusion.

Ce soir-là, le hasard voulut que, profitant de ce que la porte de sa cage avait été mal refermée, Anatole prît la clef des champs, ce qui lui arrivait de temps en temps, car il avait une passion pour la flânerie dont les plus sévères châtiments n'avaient pu le corriger.

Anatole sortit donc sur le Cours, désert par suite du froid et de l'obscurité. Mais il n'avait pas fait cinquante pas que son attention fut attirée par de vives lumières sur la façade de la sous-préfecture. Cette vue, et surtout une musique joyeuse dont les accents retentissaient derrière les fenêtres éclairées, réveillèrent dans son obscure cervelle l'impression coutumière qu'y produisaient l'illumination de la ménagerie et l'orchestre forain. Cédant à l'influence de ce souvenir, il entra dans le monument, et passa fièrement devant un domestique en livrée de gala, qui, pour lui prouver qu'il l'avait bien reconnu, annonça à tue-tête :

« M. Gustave Ripaton ! »

Ensuite, il se trouva en présence de Mme la sous-préfète qui lui secoua la patte et lui éclata de rire au nez, en s'écriant :

« Mes compliments. Votre déguisement est merveilleux ! »

Sans répondre (et pour cause !), il continua d'avancer. Le

bal masqué était très animé. A peine entré, il eut un succès fou. Mousquetaires, pierrettes, arlequines se pressèrent autour de lui. On le félicitait, on le cajolait, on lui demandait des nouvelles de « sa femme ». Il répondit par des grognements qui firent pâmer de rire tout le monde autour de lui. Ce fut bien autre chose lorsque, voyant chacun danser, Anatole se crut en pleine représentation et, entraîné par l'exemple, se mit à sauter d'un air pataud pour commencer ses exercices. La gaîté des assistants ne connut plus de bornes. On forma le cercle, et chacun de murmurer :

« Ce M. Ripaton est-il drôle, pour un homme de son âge ! »

Anatole termina sa danse par une série de culbutes qui provoquèrent un tonnerre d'applaudissements. Il fut aussitôt entraîné au buffet, où ce fut à qui le bourrerait de friandises. Un domestique déboucha une bouteille de vin sucré d'Alicante. Notre ours la saisit par le goulot avec sa gueule, et, renversant la tête, il en avala le contenu d'un trait. Cet exercice qu'il exécutait chaque soir à la ménagerie causa une stupéfaction générale.

Or, tandis que les danseurs entouraient Anatole, lequel, de mémoire d'ours, n'avait jamais été à pareille fête ; tandis que les domestiques eux-mêmes désertaient leur poste pour mieux jouir du spectacle, le vrai Ripaton, couvert de

son déguisement et accompagné de sa femme Pétronille,
entrait dans la salle du bal. Il y trouva seulement M. Sabourin qui sortait de la salle de jeu. Ripaton avait la
même taille, le même pelage, qu'Anatole. Trompé par cette
ressemblance, le sous-préfet s'empressa de
complimenter son chef de bureau sur le succès
de sa danse. Ce dernier, qui venait d'arriver
ne comprit rien à ces félicitations, mais
le tube de verre qu'il avait placé dans
sa bouche l'empêchait de parler, et ce
fut Mme Pétronille qui répondit, quand
Sabourin s'informa de la cause de l'ab-
sence de M. Dorassis :

« Il garde la chambre, à cause d'une
indisposition subite.

ANATOLE ÉTAIT
COMPLÉTEMENT IVRE.

— Quel dommage ! s'écria le sous-
préfet désolé, je vais écrire tout de suite
à l'un de mes amis de m'envoyer quelqu'un pour le rem-
placer à l'improviste. Nous avons annoncé un dompteur
sur le programme. Il nous faut absolument un dompteur ! »

Il courut écrire le billet. Tandis qu'il s'occupait de ce
soin, les invités, prévenus qu'un nouvel ours venait d'entrer
au bal, quittaient le buffet pour envahir en tumulte la salle
des fêtes, entraînant avec eux Anatole, le museau bar-
bouillé de tarte à la crème.

« Hum ! pensa Ripaton à la vue de ce concurrent, je gage que c'est mon collègue Ravaudin qui, incapable d'imaginer un déguisement original, m'a *emprunté* mon idée pour essayer de me supplanter dans les bonnes grâces de notre patron !… Cet intrigant veut me couper l'herbe sous la patte, mais il ne sait pas faire l'ours… Je n'ai jamais vu un animal ressembler aussi peu à un ours que celui-là…. Il faut lui donner une bonne leçon, une leçon dont il se souviendra. »

Aussitôt il se dirigea délibérément vers Anatole qui, le prenant pour un véritable confrère, l'accueillit par un grognement amical. Ripaton répondit par un grognement semblable, si parfaitement imité que la galerie ne savait auquel donner la palme. Voilà donc Anatole et Ripaton campés en face l'un de l'autre, dansant à qui mieux mieux, l'un pensant dans sa tête de plantigrade qu'il accomplit sa tâche quotidienne, l'autre persuadé qu'aux yeux des amateurs il va dépasser et confondre son plat imitateur. La vérité m'oblige à dire que, grâce aux fumées du vin, Anatole avait le pas plus hésitant que le chef de bureau. Ce fut Ripaton qui, incognito, remporta tous les suffrages. Chacun se demanda quel était ce nouvel artiste, on se chuchota à l'oreille mille suppositions. Bref, l'ours numéro deux fut, à son tour, accablé de compliments.

La joie de ce triomphe fit oublier toute rancune au mari

de Mme Pétronille. Satisfait d'avoir éclipsé celui qu'il continuait de prendre pour son collègue Ravaudin, il lui posa familièrement une patte sur l'épaule, et l'emmena au buffet, où nos deux ours arrivèrent bras dessus, bras dessous, comme une paire d'amis échauffés par la danse. Or, à peine Ripaton était-il rentré dans la salle qu'un grand monsieur, chaussé de bottes à l'écuyère, vêtu d'un habit couvert de médailles, y fit irruption, une cravache à la main.

Le nouveau venu, avec une exquise politesse, pria M. le sous-préfet d'excuser son ours qui s'était échappé de la ménagerie. Il ajouta que la rumeur publique l'avait instruit de l'endroit où l'animal avait eu l'audace de se réfugier, et il se déclara prêt à payer de sa bourse les dégâts dont son pensionnaire s'était, sans doute, rendu coupable.

« Mes compliments, monsieur, répondit en riant M. Sabourin, voilà une entrée en scène spirituelle, originale, et tout à fait de circonstance, mais rassurez-vous, votre bête féroce a été bien sage!... »

Puis, se penchant à l'oreille de son chef de bureau, il murmura :

« C'est, sans nul doute, la personne envoyée en réponse à ma dépêche de tout à l'heure.... Obéissez-lui, c'est chose entendue entre nous....

— Je vais le faire travailler de la bonne manière, s'écria le dompteur en passant une chaînette au cou de Ripaton.

— J'y compte bien, » répliqua en s'éloignant le sous-préfet, de plus en plus joyeux.

Alors l'illustre Barbanchu (car c'était lui), tira l'honnête employé par la longe jusqu'au vestibule, et entraîna Ripaton dans la rue, au milieu des curieux qui s'amusaient et plaisantaient.

« Où diable me conduit-il? » se demandait le bureaucrate... mais il n'osait protester de peur de se donner en spectacle à ses concitoyens. D'ailleurs, son chef hiérarchique ne lui avait-il pas recommandé d'obéir au prétendu dompteur?... Il l'accompagna donc avec docilité. Tout à coup le dompteur lui fit franchir quelques marches, il reçut une forte poussée, glissa le long d'un plancher visqueux, et tomba sur son derrière.

Où était-il?... En pleine nuit. La porte qui lui avait livré passage se referma avec un bruit de ferraille. Autour de lui retentissaient des rugissements épouvantables. Alors la tête de Ripaton se perd. Est-il victime d'une plaisanterie abominable?... ou se débat-il sous l'influence d'un affreux cauchemar?... Peu à peu, ses yeux s'accoutument à la demi-obscurité, il distingue — fort mal — des barreaux de fer qui le séparent d'un espace libre d'où monte la vague rumeur de conversations diverses. Il y a là beaucoup de gens qui se promènent en regardant de son côté. Ripaton reconnaît des soldats en grande tenue, des bourgeois, des bonnes d'enfants.... Brusque-

« OÙ ME CONDUIT-IL ? » SE DEMANDAIT RIPATON.

ment, une rampe de gaz s'allume, la foule pousse un « ah ! » d'impatience, et l'homme aux bottes, toujours armé de sa cravache, entre dans l'endroit où se tient le chef de bureau ahuri, et que ce dernier reconnaît enfin pour la cage d'une ménagerie !

Au même instant, des tringles se déplacent, et livrent passage à plusieurs fauves, excessivement effroyables, tels qu'un vieux lion édenté, et un loup fort mal léché. Paralysé par la terreur, le chef de bureau de la sous-préfecture poussa quelques cris inarticulés qui mirent le public en joie; mais, quand l'illustre dompteur Barbanchu lui intima l'ordre de sauter à travers un cerceau qu'il tenait à la main, Ripaton n'y put tenir davantage. Sa dignité se révolta. Arrachant à deux pattes sa fausse tête comme un bonnet, et montrant à son inconscient tourmenteur sa face apoplectique entourée de favoris, il prit solennellement le public à témoin de la violence qui lui avait été faite.

Ce changement à vue si inattendu produisit l'effet le plus extraordinaire.

La foule applaudit à tout rompre, mais Barbanchu anéanti se réfugia entre les pattes de son lion favori tandis que Ripaton se glissait hors de la cage en protestant que l'affaire ne s'arrêterait pas là. On finit cependant par s'expliquer. Le dompteur affirma que son ours Anatole s'était échappé, et que la présence d'un animal de cette espèce lui ayant été signalée à l'hôtel du sous-préfet, il s'y était rendu pour empêcher des accidents.

« J'ai reçu de M. le sous-préfet un accueil charmant, ajouta l'incomparable Barbanchu, il semblait attendre ma visite, et m'a lui-même indiqué le fugitif.... »

En écoutant cette explication, une lueur se faisait peu à peu dans l'esprit du chef de bureau.

Tout à coup, il s'écria :

« Je comprends tout, à présent.... Anatole, c'est
l'autre ! »

Alors, sans reprendre haleine, à son tour, il raconta
qu'en arrivant au bal il avait trouvé un ours installé à
sa place, au beau milieu de la fête ; qu'il l'avait pris

LE DOMPTEUR BARBANCHU.

pour un de ses camarades de bureau déguisé comme lui,
et qu'il l'avait laissé au buffet, en train de se griser.

A ces mots, le maître de la ménagerie s'élança vers la
sous-préfecture, escorté d'une foule aussi gaie que bruyante.

Pendant que ces événements avaient lieu dans l'établisse-
ment forain, une scène bien différente se passait chez
M. Sabourin, où Anatole, complètement ivre, dormait comme
une marmotte, au grand scandale du sous-préfet.

« Quelle tenue déplorable pour un employé de mes bureaux! exclamait ce haut personnage avec indignation. Jamais je n'aurais cru que M. Ripaton eût un goût aussi prononcé pour les liqueurs fortes... Un homme qui paraissait si convenable!... A qui donc se fier désormais? »

Il en était là de ses réflexions quand Mme Pétronille, l'épouse de Ripaton, entra dans la pièce où se trouvait le buffet.

« M. Sabourin, dit-elle gaîment au sous-préfet, savez-vous ce qu'est devenu mon conjoint? Voici que les pendules sonnent déjà trois heures du matin, et nous demeurons à l'autre bout de la ville, il est grand temps de rentrer chez nous.

— Rentrer chez vous! s'écria Sabourin, avez-vous une voiture ?

— Oh! nous irons bien à pied.

— Aller à pied ?... Sachez que Ripaton en est incapable.

— Pourquoi donc?

— Hélas, pauvre madame, parce qu'il s'est enivré comme un palefrenier.

— Vous devez vous tromper, monsieur, car mon mari ne boit que du thé.

— Du thé? Croyez-moi, ce n'est pas en buvant du thé qu'il s'est mis dans cet état.... Regardez vous-même... là, presque sous vos pieds ».

A ces mots, Pétronille baissa les yeux.

Apercevant Anatole qui, vautré sur le tapis, dormait à pattes fermées, elle crut d'abord que l'on se moquait d'elle, et s'adressa tendrement à l'animal qu'elle prenait pour son mari, le suppliant de finir cette mauvaise plaisanterie. Mais lorsqu'elle vit à plusieurs reprises ses appels demeurer sans réponse, l'excellente femme se fâcha tout rouge, car force lui fut de conclure que l'accusation était justifiée. Alors, changeant de ton, elle se mit à invectiver le coupable en ces termes vibrants :

« M. Ripaton, je suis au comble de la surprise. Je ne vous connaissais pas ce vice affreux.... Sans doute, vous vous y livrez en cachette?... Me répondrez-vous à la fin? Un vrai ours n'agirait pas autrement!

— Je ne conserverai certes pas dans son emploi un homme capable d'une pareille conduite, déclara solennellement le sous-préfet. »

Cette menace mit le comble à la fureur de Pétronille, qui se mit à caresser les côtes du dormeur avec le bout de son parapluie.

« Te lèveras-tu, Boit-sans-soif?... Tu me fais mourir de honte ! »

Puis, comme Anatole ouvrait un œil étonné :

« Quittez cette maison, ajoutait M. Sabourin, cette maison où vous causez un pénible étonnement à tous ceux qui avaient appris à vous estimer. »

Réveillé, agacé par les coups de parapluie, Anatole poussa un grognement significatif auquel il était impossible de se méprendre : cela provenait vraiment d'une poitrine de quadrupède.

Au comble de la stupéfaction, chacun gagna la porte, tandis que le pensionnaire de la ménagerie se dressait avec gravité sur ses pattes de derrière.

« Au secours ! cria Pétronille, voilà mon mari changé en ours ! »

Mais sa terreur fut heureusement dissipée par l'arrivée de l'incomparable Barbanchu, accompagné du vrai Ripaton qui, tenant sa fausse tête sous le bras, exhibait à tout le monde la figure la plus comique que l'on pût imaginer. En quelques mots, les deux nouveaux venus mirent les assistants au courant de la situation, et Anatole, happé par l'oreille, suivit son maître qui lui fit réintégrer sa cage, bon gré mal gré, au milieu des bravos du public.

A la sous-préfecture, la soirée s'acheva gaiement, et M. Ripaton fut le premier à rire de sa mésaventure.

286-01. — Corbeil. Imprimerie Éd. Crété.

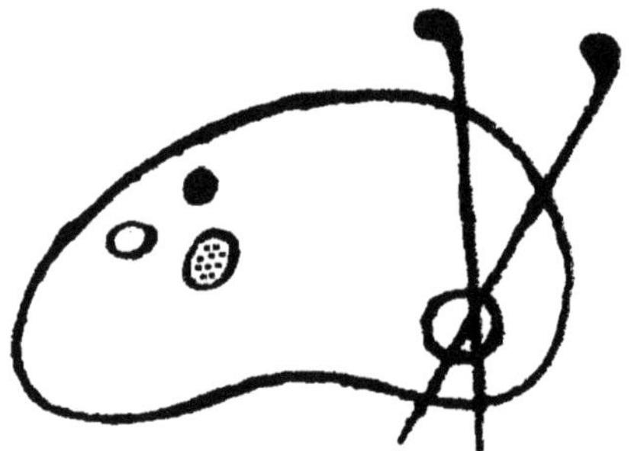

Début d'une série de documents
en couleur

Fin d'une série de documents
en couleur